BIBLIOTHÈQUE DE MADEMOISELLE LILI
ET DE
SON COUSIN LUCIEN

LES DÉBUTS DE MONSIEUR JUJULES A L'ÉCOLE ET AUX CHAMPS

Texte par un PAPA

Dessins par LORENTZ FROELICH

COLLECTION HETZEL
18, Rue Jacob, PARIS (VIe)

LES DÉBUTS

DE

MONSIEUR JUJULES

A L'ÉCOLE ET AUX CHAMPS

BIBLIOTHÈQUE DE MADEMOISELLE LILI

ET DE SON COUSIN LUCIEN

COLLECTION HETZEL

LES DÉBUTS
DE
MONSIEUR JUJULES
A L'ÉCOLE
ET
AUX CHAMPS

Texte par un Papa

DESSINS
PAR
LORENTZ FRŒLICH

BIBLIOTHÈQUE
DE MADEMOISELLE LILI ET DE SON COUSIN LUCIEN

J. HETZEL, 18, RUE JACOB
PARIS (VIe)

LES DÉBUTS DE M. JUJULES

A L'ÉCOLE ET AUX CHAMPS

I

Marie, qui sait lire couramment, veut apprendre à M. Jujules, son petit frère, à lire A B C et *a e i o*.

M. Jujules demande pourquoi elle ne lui apprend pas tout de suite à lire des histoires ; ce serait bien plus amusant.

II

M. Jujules sait très bien dire A, il dira A trente fois de suite, si Marie le veut; mais les autres lettres ne viennent pas aussi aisément; il y en a trop, ce n'est pas bien arrangé.

Marie se permet de lui faire remarquer que, quand on ne sait dire que A, on n'est encore qu'un petit ANE.

A L'ECOLE

III

M. Jujules finit par avoir des lettres et de l'alphabet par-dessus les oreilles, il bâille, il ne veut absolument pas dire X; c'est une lettre trop difficile à dire quand on est si fatigué; une autre fois il faudra commencer l'alphabet par la fin. Jujules espère que par ce procédé on aura fini dès le commencement. La petite Marie a besoin de beaucoup de patience.

IV

M. Jujules a fini par savoir ses lettres — il lit même assez couramment, il est question de l'envoyer à l'école. Sa sœur Marie lui donne une dernière préparation, elle lui montre à écrire des lettres sur une ardoise. Les I, cela va à peu près. Quand cela veut bien aller tout droit. Mais pourquoi faut-il que les O soient si ronds et qu'au contraire les S soient si tordues? Marie dit à son frère que si toutes les lettres se ressemblaient on ne pourrait jamais reconnaître les unes des autres. C'est comme pour les personnes, si elles étaient toutes pareilles on ne saurait jamais avec laquelle on a affaire.

A L'ÉCOLE

V

Marie est allée présenter M. Jujules au maître d'école. Elle lui demande s'il veut bien recevoir chez lui son petit frère.

Le maître répond qu'il sera très content d'avoir pour élève un petit garçon qui paraît si sage.

Le monsieur maître d'école ne semble pas aussi terrible à M. Jujules qu'il l'avait craint avant de l'avoir vu. Jujules reviendra demain sans avoir peur. Il a l'air si bon, ce maître d'école-là !

Il a donné, en partant, une grande poignée de main à M. Jujules.

VI

Marie a équipé son Jujules pour aller à sa première classe. Elle lui a donné son goûter dans un petit panier, elle lui a mis sous un bras le carton où sont ses livres, et a suspendu son panier à l'autre. Avant qu'il parte, elle lui recommande d'être bien sage, de bien écouter le maître, d'être bien gentil avec ses camarades, et, quand ils lui demanderont son nom, de leur répondre qu'il s'appelle Jules. Ce n'est que pour son papa et sa maman et pour sa sœur Marie qu'il s'appellera encore « M. Jujules ». M. Jujules trouve cette recommandation bien étonnante. C'était pourtant un plus beau nom « M. Jujules » que « Jules » tout court.

VII

M. Jujules a fait de son mieux pour écouter les leçons du maître, mais il trouve qu'il est bien fatigant, pour un petit garçon habitué à courir partout toute la journée, de rester assis toute la journée sur le même banc sans bouger. M. Jujules croit qu'il n'aimera jamais beaucoup cela. Ses petits camarades n'ont pas l'air de l'aimer beaucoup non plus.

Si M. Jujules ne s'empêchait pas de fermer les yeux, il s'endormirait bien sûr, mais ce serait très mal, et Jules résiste.

Non, non, il ne dormira pas...

VIII

Pour l'aider à ne pas dormir, le petit voisin de classe de M. Jujules a eu une idée que Jules a commencé par trouver très bonne. Il a montré à Jules un petit oiseau qu'il avait sans rien dire apporté dans sa poche. Il était très gentil, le petit oiseau, mais il ne savait pas qu'il était défendu de parler en classe, et il a dit bonjour à M. Jujules en lui faisant deux ou trois fois « cuic ! cuic ! ».

Le maître, qui l'a entendu, n'est pas content, et il se dispose à montrer à ses deux élèves que, quoique cela se ressemble, une école n'est pas une volière.

IX

Le maître d'école a confisqué le petit oiseau et il a mis M. Jujules et son voisin en pénitence, dos à dos au milieu de la classe. M. Jujules est très malheureux et très humilié, d'autant plus que son camarade, quand le maître a le dos tourné, ne fait que lui répéter : « Tu as trop regardé, il fallait regarder sans avoir l'air ; l'oiseau a cru que tu voulais lui parler, il a dit : « Quoi ? » et alors le maître, qui n'est pas encore sourd, l'a entendu. C'est ta faute si nous sommes punis. »

X

A la sortie de la classe, les camarades de Jules lui font la conduite en se moquant de lui pour éprouver son caractère. On fait cela à tous les nouveaux, et, soit dit entre nous, c'est une très sotte habitude. L'un lui tire sa blouse, l'autre lui tape sur son chapeau, un troisième lui crie sous le nez à tue tête qu'il est un gros pataud. Le pauvre petit ne sait que devenir, il pleure.

Ah! si sa sœur Marie était là, on n'oserait pas toucher à son Jujules. A la fin il y en a un qui lui dit à l'oreille : « Bêta, faut pas pleurer, tout ça c'est pour rire. » Cela console un peu M. Jujules.

XI

M. Jujules est maintenant tout à fait habitué à l'école, et Marie en est bien contente ; mais il devient très gamin, et cela ne plaît pas du tout à la petite maman. Ce matin, parce qu'il a plu, on lui a fait prendre ses sabots, et le voici qui s'amuse en s'en allant à mettre les pieds dans toutes les flaques d'eau. Marie le voit de la maison, et elle se promet de bien gronder le mauvais garçon à son retour. C'est très difficile d'avoir un frère raisonnable et propre.

XII

Le garçon au petit oiseau est rancunier. Il a gardé rancune à Jules de sa pénitence, et plus de trois jours après, à l'heure de la récréation, pendant que Jules était tranquillement occupé à manger sa tartine de raisiné, il a été par derrière lui et lui a fait tomber son chapeau ; mais Jules n'est plus disposé à se laisser faire comme le premier jour, et il se dit en lui-même : « Attends un peu, tu vas voir quelque chose. »

XIII

Ce qu'il a vu, et de très près, c'est la tartine de M. Jujules, que celui-ci, en se retournant lestement, lui a collée sur la figure. Il n'a que ce qu'il mérite. Avec son visage tout barbouillé de raisiné, c'est maintenant de lui qu'on se moque.

A présent qu'il sait que Jules est décidé à se défendre, il y regardera peut-être à deux fois avant de venir le taquiner.

A L'ÉCOLE

XIV

Les tartines de M. Jujules n'ont pas de chance. Une autre fois, au moment où il commençait son goûter, un de ses camarades lui a poussé le bras, peut-être sans le faire exprès ; la tartine de Jujules est tombée à terre sur le sable, et pas du bon côté. Jujules vexé a cru que l'autre lui avait fait cela par méchanceté, il s'est jeté sur son camarade. M. Jujules devient aussi par trop belliqueux. Heureusement que son grand camarade, qui est plus fort que lui, et pas méchant, se borne à se défendre en riant et finit par lui faire entendre raison.

XV

Après la bagarre, Jujules a ramassé sa tartine ; il voit avec douleur que comme elle est tombée du côté du raisiné, elle est toute saupoudrée de sable. Un de ses camarades lui offre son couteau pour la racler. Jujules préfère ôter les grains de sable un à un. Ce travail pourra bien lui prendre toute sa récréation. M. Jujules pense : « Le grand a beau dire : ce n'est pas ma faute! Il a tout de même eu tort d'avoir des gestes si brusques. » On doit faire attention aux personnes qui ont des tartines dans la main.

XVI

Les malheurs de Jujules ne l'ont pas empêché de bien travailler. Aussi quand arrive la distribution des prix, reçoit-il un beau livre tout doré et une couronne de lauriers en papier. Marie est très fière de son élève. Papa et maman sont très contents.

L'oncle de Jujules très heureux, lui aussi, donne à son neveu un beau sou de deux sous tout neuf. Jujules est très joyeux et promet à son oncle qu'il n'aura pas à regretter de l'avoir si bien encouragé.

XVII

Pour récompenser le petit Jules d'avoir si bien étudié, son papa et sa maman l'emmènent avec eux à la ville où il y a la fête en ce moment. Jules se demande pendant tout le chemin si la carriole sera assez grande pour apporter tout ce qu'il pourra acheter dans les boutiques avec son gros deux sous.

XVIII

Marie n'a pu être du voyage, elle est restée à la maison pour faire le ménage et soigner les poules ; mais Jules pense à elle. Il a vu des fleurs le long de la route. Comme le chemin va en montant, le cheval ne peut marcher qu'au pas. Jules en a profité pour se faire descendre, et il s'occupe de cueillir un bouquet pour sa sœur. La maman regarde si son petit garçon ne reste pas trop en arrière ; mais elle peut être tranquille, le brave chien Wolf, qui suit la carriole, a l'œil sur lui et l'avertira quand le cheval devra recommencer à trotter.

XIX

Pendant que son papa et sa maman sont à faire leurs emplettes, Jules est allé visiter les boutiques, les boutiques de jouets.

Il y a là une foule de choses bien séduisantes : des ballons, des tambours, des trompettes, des toupies. Malheureusement, M. Jujules ne peut tout de même pas tout acheter, il y a des choses dont il n'a pas envie du tout : des plumeaux, des carafes, etc. Mais qu'est-ce qu'il achètera? Il ne sait pas encore, il verra. Sa pièce est toujours dans sa poche et il tient sa main dessus de peur qu'elle ne s'envole.

XX

Un monsieur, qui a vu Jules arrêté devant la boutique de jouets, a cru que son embarras venait de ce qu'il n'avait pas d'argent. Il lui offre une pièce de vingt sous pour qu'il puisse s'acheter tout ce qu'il voudra ; mais Jules sait que les enfants bien élevés ne doivent pas prendre d'argent des personnes qu'ils ne connaissent pas. Il remercie le monsieur très poliment et lui apprend qu'il a dans sa poche une pièce de deux sous, que son parrain lui a donnée. — « Prends tout de même mes vingt sous, répond le monsieur, ton papa ne se fâchera pas, tu lui diras que c'est le propriétaire de sa ferme qui t'a forcé de les prendre. »

Pour cette fois Jules a accepté.

XXI

Vingt sous, plus les deux sous du parrain, cela fait vingt-deux sous. M. Jujules va pouvoir acheter toute la boutique. Ses camarades achètent chacun un sabot. — « Donnez-m'en vingt, dit-il au marchand, et il me restera encore deux sous pour offrir un gâteau à Marie.

— Vingt sabots! dit le marchand étonné; êtes-vous bien décidé?...

— Oui! oui! — Alors, tendez votre tablier. »

A L'ÉCOLE

XXII

En quittant la boutique de jouets, Jules est allé tout de suite acheter un gâteau pour Marie. Malheureusement, empêtré comme il est avec ses vingt sabots, il a laissé tomber le gâteau, et un gros chien, qui était près de là, s'en est emparé. « Rends-moi mon gâteau ! crie Jujules désolé en s'adressant au chien, c'était pour ma sœur. »

Le chien ne l'écoute seulement pas, il aime bien mieux manger le gâteau. M. Jujules tâche de se consoler en se disant qu'il donnera la moitié de ses sabots à Marie. Mais ce jeu de garçon n'est pas pour plaire à une demoiselle.

XXIII

De retour à la maison, Jules a raconté son histoire à Marie. Elle l'a appelé « petit bêta » et a refusé de prendre sa part des sabots. Ce que regrette M. Jujules, c'est de ne pas pouvoir les faire tourner tous ensemble, ce serait superbe !

M. Jujules commence à croire qu'il lui aurait peut-être suffi d'en avoir deux de rechange. Mais tout de même, c'est un jeu bien amusant. Wolf paraît s'y intéresser presque autant que son maître. Il a des idées sérieuses quelquefois, maître Wolf, il se demande ce que ces pauvres sabots ont bien pu faire pour mériter d'être tant fouettés.

XXIV

M. Jules a échangé une partie de ses sabots contre un cheval de carton, avec un de ses camarades. Après avoir promené son cheval pendant deux ou trois jours, il en a eu assez. « Un cheval qu'on porte ou qu'il faut traîner, dit-il à sa sœur, ce n'est pas amusant, c'est le contraire des autres chevaux.

— Quand tu seras grand, lui dit Marie, tu auras des chevaux comme les hommes; dépêche-toi de grandir.

— Je me dépêche, a répondu Jujules, mais en attendant, je crois que nous ferons bien de mettre notre gros cheval à l'écurie dans le grand coffre; les vacances vont bientôt finir et il faudra retourner à l'école pour avoir d'autres prix. »

La petite Marie est bien obligée de trouver que M. Jujules est très sage

XXV

Le lendemain Marie et Jujules sont venus faire visite à la bergerie, où leurs parents ont tout récemmment installé un troupeau de brebis. Ils sont surpris et ravis en y découvrant un petit animal qu'ils n'avaient pas encore vu. « Oh! un petit bébé de brebis! s'est écrié Jujules. — C'est un agneau, lui dit sa sœur. — Comme il a l'air gentil! Mais ce n'est pas étonnant, puisqu'on dit toujours: doux comme un agneau. »

Très judicieux, M. Jujules!

XXVI

Il est venu beaucoup d'autres agneaux dans la bergerie. M. Jujules les aime bien tous; mais celui qu'il a vu le premier, Julot, comme il l'a appelé, est resté son préféré. Julot connait très bien aussi son petit parrain. Dès qu'il l'aperçoit, il accourt à lui. Seulement, il n'a pas le goût pour les fleurs que Jujules a l'idée de lui offrir comme des friandises.

Pour l'instant, il préfère le lait de sa mère brebis. M. Jujules, du reste, ne s'en formalise pas.

XXVII

Les agneaux ne sont pas encore assez forts pour qu'on puisse les conduire au pré; mais ils broutent l'herbe maintenant comme pères et mères. M. Jujules, à qui on a permis d'être leur pourvoyeur, ne les en laisse pas chômer. Il en apporte des charges plus grosses que lui. Avant qu'il ait le temps de les déposer, toutes les brebis sont après. « Tenez-vous donc, gourmandes, leur dit-il, ou il n'en restera pas pour les petits. »

M. Jujules est très fier de se voir ainsi utile à quelque chose.

XXVIII

Il n'est pas content, notre ami Jujules, il est même fort en colère. Ce n'est pas sans cause. Il y a là de vilains hommes par qui on laisse emporter plus de la moitié des agneaux. Oh ! s'il avait été plus fort.... Sa sœur Marie a beau lui représenter qu'on ne pouvait pas les garder tous, qu'ils grandissaient, qu'on n'aurait bientôt plus en de quoi les nourrir, qu'ils seraient donc morts de faim.... Il n'a rien à répondre à toutes ces raisons ; mais elles ne le consolent pas.

XXIX

M. Jujules est triste. Julot n'a pas non plus l'air à son aise. Marie a pensé qu'une petite promenade leur ferait du bien à tous les deux. Cela n'a pas réussi. Le pauvre Julot s'est blessé en heurtant un de ses pieds contre une pierre. Il boitait ; Jujules a voulu absolument le prendre dans ses bras pour le rapporter. Grande fatigue pour lui, et bien de l'inquiétude pour Marie. La mère brebis, on a regret de le dire, n'en perd pas un coup de dent.

XXX

A leur grande satisfaction, Marie et Jujules ont été promus bergère et berger du troupeau de moutons.

Ce sont eux qui, avec leur brave chien Pyrame, sont chargés de conduire le troupeau à la pâture. On part chaque matin dès le lever du soleil, emportant les provisions pour le déjeuner et le goûter. Pyrame n'est pas bien gros pour un chien de berger, mais il est tellement bon gardien que jamais un mouton ne peut s'écarter.

XXXI

Marie et Jules ont malgré cela constamment l'œil au guet.

Il a semblé à Jujules voir tout au loin remuer quelque chose qui pourrait bien être un loup. Marie regarde aussi de tous ses yeux, et quoiqu'elle sache que ces méchants mangeurs de moutons ne sortent guère que la nuit, elle n'oserait affirmer que son frère se trompe.

Ce qu'il y a de grave, c'est que Pyrame lui-même paraît inquiet.

XXXII

Pendant que Pyrame s'occupait de rassembler le troupeau et de le pousser derrière ses petits maîtres, ceux-ci ont fait leurs préparatifs de défense. Si le loup a cru les surprendre, il verra qu'il n'en est rien. M. Jujules, posté en avant comme c'était son devoir, l'arrêtera en le frappant de son bâton, et Marie l'assommera avec les grosses pierres dont elle s'est pourvue.

Quel honneur pour eux qu'une pareille victoire !

XXXIII

Jujules et Marie en sont pour leurs frais d'héroïsme. Le loup est arrivé, et ce loup est un chien. C'est Ralph, le grand chien du père Antoine, un fermier voisin. Le père Antoine s'est défait de son troupeau qui lui donnait trop de peine à son âge. Ralph se trouve ainsi sans emploi, et du plus loin qu'il aperçoit un troupeau, il ne peut s'empêcher d'y courir. Pyrame et lui sont de vieilles connaissances, ils n'ont nulle envie de s'entre-dévorer.

XXXIV

Le pauvre Jalot n'a pas de chance, ou il faut qu'il soit un peu bêta. En broutant l'herbe au bord d'un ruisseau, ne s'est-il pas laissé choir dedans ! Jujules n'a pas tardé d'accourir ; mais il n'a pas les bras bien longs, notre ami Jujules. Pour atteindre le naufragé, il est obligé de se mettre à plat ventre, sur la berge, tandis que Marie le retient en arrière par sa blouse. Ce ne sera pas sans peine, on le voit, ni sans beaucoup d'émotion, que le sauvetage s'accomplira.

XXXV

Voilà Julot encore éclopé. Soit la commotion de sa chute, soit le saisissement du bain froid ou la peur, même après s'être séché au soleil, il ne pouvait se tenir sur ses jambes. Ce que voyant, Jujules l'a bravement chargé sur ses épaules. Ainsi équipé, il ne peut s'occuper du troupeau : mais Marie, aidée de Pyrame, y suffit. Le jour tombe, et toutes les bêtes, aussi bien que leurs gardiens, ne demandent qu'à retourner vers le bercail.

XXXVI

Le tondeur de moutons est arrivé. Il s'agit, pendant qu'il fait chaud, de débarrasser agneaux et brebis de leur toison, pour qu'elle ait le temps de repousser avant l'hiver. Mais d'abord il est nécessaire que, dans un endroit du ruisseau pas trop profond, tous soient lavés avec soin, afin de purger leur laine de la poussière qui n'a pu manquer de s'y amasser, sans parler du reste.

Jujules surveille l'opération, prêt à porter aide et secours à quiconque en aura besoin.

XXXVII

Chaque toison, blanche et nette, tombe, avec rapidité et presque tout d'une pièce, sous les grands ciseaux du tondeur. Les bonnes bêtes se laissent faire avec leur docilité habituelle. Julot a été opéré un des premiers. Il a l'air tout penaud de se sentir ainsi dénudé. Pour le consoler, Jujules l'a pris dans ses bras. « Tu es vexé, mon Julot, lui dit-il, de n'avoir plus ta belle laine frisée; mais sois tranquille, elle repoussera et tu seras encore plus beau qu'avant. »

XXXVIII

On a rassemblé en un monceau toute la récolte de laine. Les deux enfants sont chargés d'y veiller. Marie, qui s'est couchée dessus comme pour dormir, pourra du moins affirmer qu'on en ferait de très bons matelas, et Jujules, de son côté, pourra attester qu'on y exécute des culbutes fort agréablement.

Minet aussi trouve le lit à son gré.

XXXIX

Ce n'est pas le tout de s'amuser, il faut travailler, ce qui est encore une manière de s'amuser, et la meilleure. Il s'agit d'abord de carder la laine, c'est-à-dire, avec des espèces de peignes en fil de fer, d'en diviser, d'en faire mousser en quelque sorte toutes les mèches et les tapons. Marie, avait eu la bonne idée d'aller, pendant l'hiver, prendre des leçons d'une vieille voisine, ouvrière émérite en fait de lainage. Elle y est maintenant très habile, et M. Jujules, qui doit présenter la laine à sa sœur, à mesure qu'elle en a besoin, est lui-même un très bon aide.

XI.

Marie, après avoir garni de laine la quenouille de son rouet, a commencé son travail de fileuse. Jujules s'y intéresse vivement. Il ne peut assez s'émerveiller de ce qu'avec tous ces petits brins qui ne se tiennent pas ensemble, on arrive à produire un fil continu et jusqu'à un certain point résistant. C'est le cas de dire qu'ici, comme en bien d'autres choses, l'union fait la force.

XLI

Marie a filé autant et plus d'écheveaux de laine qu'il ne lui était nécessaire. Maintenant, pour le nouveau travail auquel elle projette de se livrer, il est indispensable qu'il soient transformés en pelotons.

C'est à quoi elle procède avec l'aide de Jujules, qui lui remplace avantageusement un dévidoir, haussant et baissant chacun de ses bras tour à tour pour ne pas risquer de faire casser le fil.

XLII

Marie a entrepris de confectionner des bas, d'abord pour son frère et pour elle-même, puis, quand elle sera bien sûre de son talent, pour son père, sa mère, et, enfin, tous ceux qui voudront lui en commander. Pas de danger, du reste, qu'elle échoue. Dans la campagne, les petites filles savent tricoter quasiment de naissance. Ainsi, en trois jours, voilà un des bas de M. Jujules terminé. Il est parfait. Jean ne peut se lasser de l'admirer.

XLIII

Les deux paires de bas d'essai ont promptement abouti. Jujules, qui avait voulu attendre que ceux de sœur aussi fussent achevés, s'est empressé alors de chausser les siens. Ils vont à merveille. Marie ne s'y est pas trompée d'une maille. Elle n'en est pas plus fière. M. Jujules, lui, s'en donne des airs comme si c'était son propre ouvrage. Bien entendu, cependant, il les gardera pour le dimanche. Dans la semaine, il risquerait de les abîmer, et puis, n'en ayant pas l'habitude, ils pourraient bien le gêner un peu.

XLIV

Les jours de grande chaleur étant arrivés, on ne peut mener le troupeau à l'herbe que le matin et le soir. Aussi, dans l'intervalle, Jujules, après avoir pris sa leçon de lecture et d'écriture avec Marie, est-il souvent fort désœuvré. Il s'amuse alors parfois à faire des niches à sa sœur. Oh! des niches bien innocentes. Cette après-midi, comme il essayait d'en combiner une, il a aperçu, accroché aux poils de Pyrame, un gros scarabée qu'il sait d'ailleurs inoffensif. « Voilà mon affaire! » s'est-il dit en le saisissant.

XLV

Le scarabée récolté par Jujules ne lui a pas paru propre du tout à faire une surprise. Pas la moindre tentative pour prendre son vol. Dans le grand cornet de papier où il est enfermé, c'est à peine si on l'entend *grafigner* avec ses pattes. Aussi Jujules a-t-il pensé qu'il serait bon de lui adjoindre un certain nombre de mouches, qui, elles, ne s'endormiront pas. Le voilà en train de les capturer. Par ce temps chaud, il n'en manque pas à la ferme. Pyrame, qu'elles ennuient plus souvent qu'à son tour, s'intéresse vivement à la chasse.

XLVI

« Tiens, Marie, a dit Jujules de son air le plus gracieux, en présentant à sa sœur le cornet de mouches et de scarabée soigneusement fermé, voilà un cadeau que je t'apporte; c'est pour te remercier de ma belle paire de bas. — Ah! a répondu Marie en souriant, c'est bien gentil de ta part. Qu'est-ce que cela peut être? On dirait que ça remue là-dedans. — Ouvre vite, tu verras, » a répliqué Jujules.

Marie, qui a été plus d'une fois prise — ou a fait semblant de l'être — aux attrapes de son frère, n'est pas autrement pressée de savoir à quoi s'en tenir.

XLVII

Marie a ouvert le cornet. Les mouches se sont envolées en tourbillon, comme de petites folles. Quant au scarabée, il se borne à montrer son nez et ses cornes au bord du papier où il a gravi paisiblement. « Attrapée! s'est écrié Jujules en se tordant de rire. — Oui, a dit Marie, c'est très drôle. Tu es vraiment bien amusant quand tu t'y mets. »

Nous souhaitons, en terminant, que nos petits lecteurs soient du même avis que Marie.

FIN

EXTRAIT DU CATALOGUE DE LA COLLECTION HETZEL

ALBUMS STAHL

illustrés in-8°.

Cartonnés Bradel : 2 francs. — Reliés toile à biseaux : 4 francs.

Bibliothèque de Mlle Lili et de son cousin Lucien.

Auteur	Titre	Auteur	Titre
Froelich	Les Passe-temps de M. Lucien (Cerf-agile, L'Ours de Sibérie).	Froelich	(1) Au clair de la Lune (8 planches en couleurs).
—	La Journée de Mlle Lili.	Geoffroy	L'Âge de l'École (Proverbes, Fables et Dictons en action).
—	Voyage de Mlle Lili autour du monde.	Lalauze	Le Rosier du petit frère.
—	Petites Sœurs et petites Mamans.	Méaulle	Les petits Robinsons de Fontainebleau.
—	Le Royaume des Gourmands.	G. Roux	Museau, Bara et Cie.
—	Les Débuts de Monsieur Jujules (À l'École et aux Champs).		

Froelich. — (1) Alphabet musical de Mademoiselle Lili (8 planches en couleurs, par Baumann).

(1) Ne se vend que cartonné Bradel.

Premières lectures de l'enfance

M. Génin, illustrations de A. Lançon. * La Famille Martin (Histoire de plusieurs Ours).
E. Wyss, illustrations de Van Dargent. Le Robinson suisse raconté par un Papa.

PETITE BIBLIOTHÈQUE BLANCHE

Volumes grand in-16 illustrés. — Prix : *Brochés*, 1 fr. 60 ; *Cartonnés toile genre aquarelle*, 2 fr. 25.

Auteur	Titre	Auteur	Titre
Aymon	Boulotte.	Le Roy (O.)	La bande Arlequin.
Beaulieu (de)	Mémoires d'un Passereau.	Mayne-Reid	Les Exploits des jeunes Boers.
Bertin (M.)	Voyage au pays des Défauts.	—	Les Chasseurs de Girafes.
Chateau-Verdun (M. de)	Monsieur Roro.	Morans	Frisonne l'Engourdie.
Cherville (de)	Histoire d'un trop bon Chien.	—	La Maison blanche.
Dickens	Jack et ses amis.	Muller (E.)	Récits enfantins.
Dény	La Patrie avant tout.	Musset (P. de)	M. le Vent et Mme la Pluie.
Dumas (A.)	La Bouillie de la Comtesse Berthe.	Perrault (P.)	Les Lunettes de Grand'Maman.
Dupin de St-André	Petit Jean.	—	Les Exploits de Mario.
Feuillet (O.)	La Vie de Polichinelle.	—	L'Aventure de Paulette.
Forsel (E.)	Les Cousins Korpaud.	Sand (George)	Gribouille.
Génin (M.)	Un petit Héros.	Silva (de)	Le livre de Maurice.
Harraden (B.)	* Après l'Orage.	Stahl (P.-J.)	Les Aventures de Tom Pouce.
Hubler (E.)	Le Cadeau du Cousin Lawrence.	—	Contes de la tante Judith.
La Bédollière (de)	La Mère Michel et son chat.	—	La Famille Chester.
Laurentière (M.)	Ma première traversée.	—	Une affaire difficile à arranger.
Lemonnier (C.)	Histoire de huit Bêtes et d'une Poupée.	Stahl (P.-J.) et de Wailly	Les Vacances de Riquet et de Madeleine.
—	Les Joujoux parlants.	Vadier (B.)	Rose et Rosette.
Lermont	Les bonnes Idées de Mlle Rose.	Verne (Jules)	Un Hivernage dans les glaces.
—	* Un Honnête petit homme.		

*Les Nouveautés sont marquées d'un *.*

www.ingramcontent.com/pod-product-compliance
Ingram Content Group UK Ltd.
Pitfield, Milton Keynes, MK11 3LW, UK
UKHW022139170726
13837UKWH00004B/1669